小諸 悦夫

# ある作家への回想

鳥影社

ある作家への回想　目次

若い頃の日々……3
多美の告白……25
ある作家への回想……47
ひとり旅……65
住まいの悩み……85
アトリエにて……93

# 若い頃の日々

# 一

花村みどりはうとうとしながら、若い頃の昔を思い浮かべていた。

みどりは花嫁大学と言われた大学を出ると親類筋の人の紹介で、建設会社に入社した。その会社で村田良治と会い、真面目で、何事にも真剣に取り組む彼に惹かれて行った。良治もしとやかで明るいみどりを好ましく思っていた。そして、社内の誰からも二人は結婚するだろうと思われていた。

事実、会社を退けて帰りには、繁華街の喫茶店に寄って過ごした。その店では、二人掛けの座席が全部前を向いていて、何をしても誰にも干渉されないようにできている。みどりは良治に手を握られて、至福の時間を過ごすのだった。

日曜日には村田良治と共に山に行ったり、当時人気の清里高原に行ったりして楽しい日々を送っていた。良治のアパートに行き、過ごすこともあった。

結婚というのがどういうことなのか、二人には実感がなかったが、それでも楽しいのだった。

みどりは父を亡くし、蒲田で兄夫婦が文房具屋を継いで、その娘と母親の五人で住んでいた。みどりが良治を家に呼んだのは、恋人を母たちにそれとなく紹介しておきたかったからだった。

ところが、母は良治に向かって、

「うちの親類では皆大学出でしてね」

と言った。良治は高校出であったが、試験に合格して会社に入っていたのだった。

みどりにしても大した大学出ではないのだ。花嫁大学と言われている大学に過ぎないのである。

みどりの母は、娘が家に連れて来た男を娘の恋人と見破ってそう言ったのだった。

それは、良治を傷つけたが、会社で認められているので、聞き流していた。

ところが、母親の計画はみどりの行動に及んだ。三日もしないうちに、みどりに見合い写真がもたらされた。みどりの写真も相手に渡っているのに違いなかった。

「この人は関西の大学も出ているし、大きな商事会社に勤めていて、将来が安心できる。こんないい話はないと思うけど」

と言うのだった。もう、嫌も応もない。母の言うことに従わなければ、実家への出入りも許されない。そんな厳しさが言外にある。

それは辛いことだったが、みどりは母の言葉に従わないわけにはいかなかった。

みどりは翌日、良治を会社の外に呼び出して、

「もう、あなたとは一切かかわらないから、そうしてください」

と言うのだった。良治はことの進展に驚いて何も言えなかった。

間もなくみどりは会社を辞めた。同僚たちは良治と結婚するのだと思っていたのに、どういうことなのかといぶかった。

みどりは間もなく見合い相手の山名謙太郎と結婚した。

みどりは自分の名字が花村から山名と変わったことに何だか不思議な感じを持ったが、同時に知り合いの誰にも誇りたい気持ちにもなっていた。

夫は始めのうちこそ早く帰って来た。そして、夕食を共にして、夕食後の時間を楽しく過ごしていた。そして、同衾して夫の腕の中に抱かれるのが待ち遠しくさえ思えた。

しかし、やがて妊娠すると夫の帰りが遅くなった。心配して、

「何かあったの」

と、聞くと、酒臭い息で残業が増えたのだと言う。商社というのは、そんなに忙しいのか。結婚したては夫の帰りはそんなに遅くなかったのにと思った。でも、夫が言うのだから仕方がない。

それにしては、日曜日には同僚たちとゴルフに行くと言って出かけるのだった。

結婚してから、夫と旅行を楽しむということもない。良治と色々な所へ行ったことがちらっと思い出された。

暫くそんな生活が続いて、無事子供を出産した。女の子であった。うちの家系は女

の子が多いのかと、兄が言った。兄も女の子が一人だ。

夫は男の子が欲しかったらしく、あまりうれしそうではなかったので、みどりは自分が悪かったのかと変な気持ちになった。しかし、子供の養育の楽しさは夫の帰りが遅いのを忘れさせた。

子供の名前はみどりの母親が「幸子」がいいと言う。みどりはもっと現代的な名前にしたかったが、夫もいいと言うので、幸子にした。

二

幸子は順調に育って、家の中を駆け回ってみどりを時には慌てさせた。

みどりの時代には幼稚園に行くことは殆どなかったのに、今では子供はすべて幼稚園に行く時代になっていて、幸子を幼稚園に送り迎えするのだった。もう、そういう生活になると、夫はどうでもいいように思われた。

暫くして、夫が転勤することになった。関西支社である。幸子の幼稚園を変えたくないと言うと、夫は単身赴任にすると言った。みどりも関西には修学旅行で行ったことしかないからわからない。

「おれは向こうの大学で過ごしていたから心配ないさ」

と、夫は言った。男の人は四、五年しか過ごしたことのないような所に行くのをそれほど気にしないのだろうか、と思った。


それからどれ位経ったか。夫が家にやって来た。本社に連絡のために来たついでに寄ったと言った。来るなら電話位してくれればいいのに、とみどりは思った。

幸子はもう小学校に上がっている。幸子のことも聞かないのは、どうしてなのか。随分薄情な父親だと思う。久し振りに来たのだから、向こうでの生活など話はあるだろうし、泊まって行くのかと思ったら、直ぐ帰って行くのだった。

何と素っ気ない人なのだろう。妻としては久しぶりに寝物語もしたいのだが、それも無視された感じだった。

もし、幸子がいなかったら、どんなに寂しいことだろうと思うのだった。

そんなことが度々あって、どうやら夫は関西に定着するようになるらしい。

「向こうでの業績が上がって、課長になるので、東京本社には戻れないらしいんだ」

と、言う。

それなら結構なことだけど、自分たちも移住しなければならないわねと言うと、夫は、

「その必要はない」

と、言うのだった。

どういうことなのか。みどりには理解できなかった。

「向こうにねんごろになった女がいて、身の回りのことはしてくれているから、来なくていいんだ」

「それ、どういう意味なの」

みどりは胸が締め付けられる思いがした。

「別れてもいいんだ」

と、夫はあっさり言った。みどりはもうどうにもならないのを感じた。「別れて

も」ではなくて、「別れよう」ということなのだ。こんなにあっさりと言えることとなのだろうか。

夫が帰って行った後、みどりは暫く呆然《ぼうぜん》としていたが、幸子のことを考えると、何とか乗り切らなければならないと思い、母に連絡した。

母は最初困惑していたが、直ぐにみどりが悪いと言った。

「そんなになるまで、旦那をほっておいたのが悪いんだよ」

「だって、すぐ戻るから来なくていいと言ったのよ。幸子の幼稚園のこともあったし」

「まあ、向こうに女がいると言うんじゃ、駄目だね」

と、母は投げやりに言った。母が持ってきた縁談の末がこんなことになるなんて、みどりは自分の判断が甘かったと思った。

もう元には戻らないと思ったから、みどりはきっぱり別れてしまおうと決めた。

元々好きで結ばれたのではないが、暫くでも一緒に暮らし、子供までできたのに、男と言うのはこんなにも薄情なのだろうか。

別れるとなったら、夫は手切れ金しか出さないと言う。娘の養育費もゼロだ。弁護士を頼むと言うと、それならと渋々養育費を認めた。

ずっと節約していたから、何か月かは保つだろうと思う。いよいよとなったら、三十五年ローンで買った家を出て、どこか安い借家に住もうと考えた。娘も小学校に入っているから、わかってくれるだろう。

暫くして、落ち着いたら、自分もまた働こうと考えた。

みどりには開き直って物事を考えるところがあった。

三

みどりは以前働いていた会社に行って、上司だった課長に会い、事情を話して働かせて貰うことにした。会社でもたまたま、空きがあったので、いいタイミングだった。

かつての同僚が、

「結婚したんじゃなかったの」

と、訊いてきたのに、笑顔で、

「別れちゃったのよ」と応えた。そして、「村田さんはどうしたの」

「あら、知らなかったの。彼はとっくにやめちゃったわ。すごく真面目で勉強家でね、夜学に通って、英語も勉強してね。うちの会社じゃもったいないって、皆言ってたのよ」

みどりはそれを聞いて、やっぱりそうかと思うのだった。

彼は以前から英語を勉強していて、将来はアメリカへ行きたいと言っていた。彼のアパートの部屋にはラジオのほかに、テープレコーダーがあったのを見た。あれで英語の勉強をしていたのだろう。

山名という男は、名ばかり大学卒だったが、村田良治には及びもつかない男だった。

みどりは良治に随分酷いことをしたと思った。いつか会うことがあったら、謝らなければならないと、ひとり親の今になって心から思うのだった。

みどりは姓も元に戻して、花村となった。

仲間も「花村さんの方が似合ってるわ」と言う。

幸子も、母が父と離婚したことを理解している。世間でよく言うひとり親だ。学校でもひとり親家庭の子が何人もいる。父親が亡くなったというのもあるが、大抵は両親が別れたという方が多いのは、今の時代なのだろうか。自分の時代には片親の子なんかはいなかった。どちらかの親が辛抱していたのだろうか。

みどりは真面目に勤めていて、休みも取れたので、夏には幸子を連れてどこかへ旅をしようと思った。

幸子も夏休みを楽しみにしている。みどりは会社の帰りに、駅に隣接している旅行会社に寄ってパンフレットを貰って来た。若い頃、良治に連れて行って貰った山だのがあったが、何泊かできる旅館の方を選んだ。

旅というのは、出かける前から楽しいものだ。みどりは会社の夏休みが五日取れるので、東北地方に行くことにした。東北にはみどり自身もまだ行ったことがないが、パンフレットを見ると、松島をはじめとして、平泉や鍾乳洞があるから、幸子も退屈しないだろう。何泊もする旅など初めてだから、楽しみだった。

旅行会社で全ての予約など手続きを済ませると、家に帰り、幸子にパンフレットなどを見せて、旅の楽しさを思った。こんな楽しさは結婚以来ないことだった。

当日、みどり親子は東京駅からの急行列車に乗った。幸子にとっては初めての列車旅だ。列車の中で弁当を食べるのも初めてだった。

「お母さん、美味しいね」

と幸子が言う。

「旅行ってのは楽しいものね」

こんな親子の会話は久し振りのことだった。やがて列車は松島駅に着いた。仙台湾に点在する松島は目の前だった。

「わあ、綺麗」

と、幸子が歓声をあげた。みどりたちは松島を回る遊覧船にも乗った。大勢の客と一緒に風景を楽しみ、海風に吹かれて心地よかった。

その日は予約した旅館に泊まった。

翌日は予定通り、安家洞《あっかどう》の鍾乳洞に行き、涼んだ。

更に翌日には中尊寺まで足を延ばして、金色堂を拝観した。大昔、こんなに遠い地に、あれだけの金《きん》を集めた藤原氏というのは凄いものだと思う。幸子も金色に輝く建物に感慨深かったらしい。

こうして、みどり親子の夏休みは終わった。

夏休みを終えて帰って来た社員が、それぞれ日焼けした顔を見せて、会社は又始まった。

## 四

課長だった野口は部長に昇進して、ヨーロッパへ出張することになった。その部長が外から帰って来ると、

「いやあ、びっくりしたよ。あの、大きい方の旅行代理店に行ったら、珍しい人物に会ったよ」

と、言った。

「えっ、誰ですか」

と、机に向かっていた皆が、部長の方を見た。

「村田君が居たんだよ。旅行代理店にさ。客としてではなくって、代理店の責任者としてだ」

「えっ。店長をしてたんですか」

「いやあ、もっと偉いんだ。名刺を貰ったら、常務だった」

「へええ。凄い」

「昔っから旅が好きだって言ってましたからね」

「そうか。それは知らなかった」

そんな会話を聞いていて、みどりは心を痛めた。あんな山名なんて男に一生をめちゃくちゃにされたのは、自分も悪かったが、母があんな男を勧めたからだ。その母もとっくに亡くなっている。兄も亡くなっている。馬鹿を見たのは自分だったと思う。

幸子を自分みたいにしてはいけないと、それだけを思った。それにしても、良治に謝らなければならない。謝ったところで、どうなるものでもないが、みどりはそうしなければ気が済まなかった。

部長が言っていた旅行代理店は、前を通ったことがある。自分には海外旅行などすることはないから、店の外にあるパンフレットなど見向きもしなかった。今日にも帰りに立ち寄って、良治に謝ろうと思った。でも、会ってくれるだろうか。常務ということになれば、忙しいに違いない。だめなら手紙でも置いて行こう。

そう思うと今日立ち寄ることにしたのだった。

この時期は旅行者が多いから、旅行代理店は一日も休んでいない。みどりは外から店を覗いてみた。結構客で賑わっている。

一人の客が用を済まして出て来たのを見計らっていると、店員から「どうぞ」と呼びこまれた。みどりは誘われるままに、空いた席に座ると、

「村田さんはいらっしゃいますか」

と、言った。店員は役員のこととは思わず、「どちらの村田ですか」と訊いてきた。村田という人は二人いるらしい。

「あの、村田常務さんです」

「はあ、常務のほうですね」

やはり、常務になっていたのだ。店員は席を立つと、奥に入った。すると、村田良治が出て来た。そして、みどりを見ると、

「やあ、あなたか」

と、言って、奥の部屋に案内した。みどりは辺りを見回しながら、

「ご無沙汰しています。お偉くなられて」

とだけ言った。村田は、

「いえ、偉くなんてないですよ。今日はちょっと忙しくて、ごめんなさい」

「いえ、今日は立ち寄っただけですから」と、みどりは気落ちして言うだけだった。

「いつか、お詫びしたいと思っていたんです」

「そんなこと。いいですよ」

良治には、若い頃のことが、すぐ思い浮かんでそう言った。

「でも……」

「そうか、それじゃあ、明後日、わたしは休みなんですけど、近くのサテンで五時ごろどうですか」

「はい、会社を退けたらすぐ行きます」

相手にされなくても仕方がないと思っていたので、みどりはほっとした。

五

当日、みどりがその喫茶店に行くと、良治はもう来て待っていた。

「ごめんなさい。お待たせしちゃって」

「いや、今来たばかりだよ」

と、良治は何事もなかったように言った。

「あの時は、本当にごめんなさい」

あの時、というのは、見合いするために、良治に付き合いを断ったことだ。

「わたしが母の言いつけを断れなかった事と、わたしの判断が馬鹿だったこと。今更何を言っても、駄目ですけど」

「まあ、そんな昔のことはどうでもいいでしょう」

「あなたには、愛されていたのに、なんてひどい仕打ちをしてしまったのでしょう」

「いや、ぼくはあれで目が覚めたんだ」

「えっ。どうして」

「君に振られて、がっくりしたけど、勉強すれば克服できると気が付いたのさ」

良治は目黒に住んでいた。父は市役所に勤めていて、課長で定年退職したが、暫くして亡くなり、借家を引き払わなければならなくなって、兄と共に母の里の熊谷近郊の村に越した。旧制中学の三年生の時だった。そして、卒業すると伯父の知り合いの建設会社の試験を受けて入社したのだった。兄は村の役場に勤め、母と村に残った。会社は戦後の建設ブームで潤ったので、待遇も良かった。良治はボーナスの度に、母と伯父にお金を贈って感謝した。

良治は勉強が好きだったのと、大学に行きたかったのに行けなかったことを悔いていたので、大学の夜学を考えたが、ある時、東京駅近くで、外人に道を尋ねられたのに、何も答えられなかったのが悔しかった。自分の英語だけではどうにもならないのだと思った。どうやらそれはフランス人だったらしい。それで、フランス語を学ぶことを決めたのだった。夜学だが外語学院のフランス語科に入った。

「英語とフランス語を学んだことで、それを活かせる会社、今の旅行代理店に入れたんだ。そして、結婚も出来た」

「会社の方と」

「フランス人だけどね」

「まあ、素敵。わたしなんか、夫の浮気で離婚したのよ。今更悔いても仕方がないんですけど」

さらりと言ったが、自分が情けなかった。

良治と別れて家に帰ると、若い頃の自分の判断の愚かさがひしひしと胸に迫って来た。

そして、いつまでたっても眠れないのだった。

もう、娘の幸子には好きにさせて、幸せになれはいいと思うことで、これからを生きて行こうと思うのだった。


（完）

# 多美の告白

# 多美の告白

## 一

滝村八郎は群馬県の高坂市で滝村吉蔵の九人の子の八番目に生まれた。親の吉蔵が材木屋をしていて、一家はかなり裕福な生活を送っていた。

八郎の長兄は目が不自由なのでマッサージ師の道を歩んでいた。次が女性で多美といって利発だったので、女学校を卒業すると、小学校の教師をしていた。ところが、その頃、父親が経営していた材木屋が、番頭に財産全部を持ち逃げされたため、あっけなく破産してしまった。

そこを見透かすかのように、多美に横浜で医師をしている古田の所へ後妻ではあるが、どうかと話が持ち込まれた。古田は妻に死なれた医師であった。先妻の子が二人いたが、医師はいい人に思えたので、多美は承諾した。

長男は八郎とは同い年の男の子の聡と、その下に三つ離れた男の子の清二がいた。それでも、良くなついて問題はなかった。この二人は八郎の義理の甥になるわけである。古田は資産家の跡取りで、病院を経営していたが、決して偉ぶるようなことはなかった。それは彼がクリスチャンであることと関係があると知ったのは、多美が結婚してから暫くしてからだった。けれども彼は妻の多美にクリスチャンになることを強いはしなかった。

一方、八郎は家が破産したので、小学校を出ただけで身の振り方を決めなければならなかった。末弟は遠い親戚の牧場主に渡された。

八郎は単身東京に出て、銀行の給仕として働き口を見つけたが、生活はひどいものであった。給仕は商家でいう小僧であった。八郎はこま鼠のように働き、糊口《ここう》をしのいでいた。ここで成功するには学問を身につけなければだめだと気づき、苦しい中を夜学に通った。

八郎は銀行の近くのタバコ屋によくお使いを頼まれて行った。そのタバコ屋の老婆に見込まれて、うちを継いでくれないかと言われたりしたが、銀行員になりたいので断った。

その頃、多美の所では聡が私立の中学に入っていた。聡は取り立てて優れてはいないが順当に進級していた。一方、次男の清二は成績も良く、将来は父親の後を継ぐのではないかと期待された。

聡は中学を卒業すると、市役所に就職した。清二は成績優秀で、難関の県立の中学に入り将来を嘱望されていた。ところが、清二が卒業間近の三年生の時、父親がガンで亡くなってしまったのだ。

この時始めて、多美は自分がキリスト教に真剣にならなかったことが、夫を死に至らしめたのではないかと悩み、夫の行っていた教会の牧師に相談に行った。牧師は多美に強要しなかった。それが逆に彼女を熱心なクリスチャンにしたのだった。

清二は父が死んだことで、進学に悩んでいた。当時、中学四年生から高等学校に受験できた。自信がない者は五年を終えてから受験できるが、やはり成績が良い者は四年から受験するのだった。

清二が迷っていると、多美は、

「自分の進みたい道があるなら、受験しなさい」

と、励ました。

清二は父の後を継ぐ気持ちが強く、医学の道に進むことを考えていた。しかし、医学部は他の学部と違い、金もかかる。多美は、

「お金のことは心配しないで、自分の進みたい道を行きなさい」

と言った。清二はそれに励まされ金沢の医学専門の高等学校を受験することに決めた。彼は横浜を離れるのは初めてだった。彼から金沢に行くことを知らされた多美は、自分も金沢について行くことにした。

「お母さんが一緒に行ってあげるから、心配せずに試験を受けなさい」

「それは有難いです。お願いします」

こうして親子は金沢に旅立ったのだった。

試験に合格して、親子はほっとして一週間ほど金沢市内を見て回った。

「しっとりしていい街ですね。きっと落ち着いて勉強できますね」

多美は、心からそう思った。下宿先も二人で決めて横浜に帰った。いざ清二が金沢に旅立ってしまうと、多美は言い知れぬ寂しさを感じるのだった。一方、八郎は仕事で時々夜学に通えないようなことがあっても、銀行の寮で遅くまで勉強をして色々な知識を身につけていった。多美は時折貰う八郎の手紙から、その勉強ぶりを感じ取っていた。

聡と同い年なのに苦労している弟の八郎が可哀想に思えて仕方がない。しかし、暫くして、八郎が給仕から行員になったことを知らされて、ほっとしたのだった。

間もなく聡の嫁を考えなければならない所へ、妹の泰子から娘の静子の嫁入り先の相談が持ち込まれた。多美から見れば、静子は姪になる。静子にとっては聡は従兄弟になるが、血縁ではないから、どうということなく直ぐにこの縁談はまとまったのであった。

その頃、八郎も結婚相手を紹介されていた。相手は高崎在の商家の娘ハナと言った。八郎の叔父の紹介で、年も二十五歳であった。地方では二十五歳というと行き遅れとなるが、わがままな娘は東京で生活したいというのであった。叔父の仲立ちなので、割合スムーズに話は進んだ。多美もこの叔父を知っていて信頼していたから、嫁の年齢は問題にしなかった。

こうして二組の夫婦は同時に新生活をスタートしたのであった。

八郎夫婦は田端に新婚生活を送っていた。一方、聡は親の持っていた家作に入り、静かな生活を送っている。多美は同い年でスタートした二組の夫婦が　こうも生活に違いがあることに心を痛めていた。特に八郎は弟ながら辛いことに耐えて一生懸命に生きている。義理の息子ながら聡はのんびりと生活を送っている。そうなると、多美は弟の八郎に同情してしまうのである。

また、子供も男の子で同時にできた。不思議にも次男も二年後に同時にできた。八郎の長男も父親譲りでよく勉強するようであった。八郎は真面目に勤めているのを認められ、管理職になっていた。

八郎に三男、栄が生まれたのと同時期に、聡には女の子が生まれていた。多美の三番目の孫になる。

「孫と甥に、よく同い年で生まれるんでしょう」

多美は親類と会うとそう言った。キリスト教のおかげに違いないと思うようになっていた。多美は毎日曜日には教会に行く熱心な信者になっていたのである。

子供が三人になると家も狭く感じて、八郎は品川に家を見つけて引っ越した。管理職になって収入も増えたので、家を買ったのである。土地は借地であるが、買った家に手入れをしてきれいになった。多美を招くと、多美はきれいな布団一式を贈ってくれた。

多美はいつものように背筋を伸ばして、

「あなたが真面目に一生懸命勉強したから、こんな立派なお家を買えたんです。良かったですね」

と、褒《ほ》めた。かつての教師の姿がそこにあった。

八郎の妻のハナには兄が二人いたが、長男は何もしてくれず、茨城で教員をしている次男の次郎が柱時計を持って祝ってくれた。

ハナの実家は長男の兄が後を継いでいたが、財産を減らさないようにとそればかりで、妹には何もしてくれないとハナは不満であった。

ハナは次兄の次郎と気が合い、ずっと親しくしていて、八郎もこの義兄とは親しくしている。東京に来ると家へ泊まって行ったり、碁を打ったりするのであった。栄たち子供も次郎伯父さん、次郎伯父さんとなついている。

一方、横浜に住む多美は近くなったこともあって、八郎の家を度々訪れるようになった。先妻の子より、甥たちの方が可愛いのかもしれない。

「古田の伯母さん、古田の伯母さん」

と栄たちも、なついている。ハナも多美を実の姉のように慕い話が合うのであった。そんなこともあって、多美も自分の義理の孫たちより、甥である八郎の息子たちの方が可愛いようであった。

多美はその頃から、八郎にキリスト教のことを熱心に話すようになった。しかし、八郎は興味を示さない。

八郎がまだ勤めから帰ってこないときは、ハナにもキリスト教について話し、入信することを勧めた。ハナもこれには困って、あやふやな返事をしてきり抜けていた。夜、八郎が帰って来ると、そんなことを話したが、二人とも「キリスト教はなあ」と言うだけであった。

栄の兄二人は共に東京市立二中に合格して、将来が楽しみであった。その五つ下の栄を多美は特に可愛がって、家を訪れる度に栄にお土産に絵本を買ってくるのだった。だから、栄は小学校に上がる前から仮名が読めた。その絵本は一寸法師であったり、金太郎であったり、牛若丸であったりした。だから、栄は牛若丸に出てくる金売《かねうり》吉次などという名前も覚えてしまった。

「栄ちゃんは大きくなったら、きっと素晴らしい人になるよ」

多美は来るたびにそう言って目を細めるのだった。

絵本を卒業すると、多美はイソップ童話や世界名作などをお土産にしたが、世界名作を栄はあまり好まなかった。

世の中が戦争ムードになったこともあって、土産はお菓子に代わった。多美は健康に良さそうなラスクというお菓子をお土産にしたので、八郎の家では喜ばれた。

栄は小学校に上がると、兄が読んでいた講談社発行の『少年倶楽部』を読むようになった。『少年倶楽部』には、山中峯太郎の軍事探偵小説、江戸川乱歩の怪人二十面相という探偵小説や、吉川英治の時代小説などが載っていて胸をわくわくさせた。

次第に世の中は喧騒を帯びて来た。昭和十六年十二月にはアメリカ、イギリスなどと戦争を始めてしまったのだった。始めのうちは日本が勝っていたので、まだよかった。

長兄は勉強の甲斐あって、新潟高校に入学して新潟に旅立ち、次兄も市立二中の三年生に、末弟の栄は小学校五年生になっていた。栄は夜寝床の中で、友達から借りた少年講談を読んで過ごしていた。真田十勇士とか、塙団右衛門とか、毛利に対抗した尼子の武将・山中鹿之助の「七難八苦を与え給え」などという話に胸を躍らせるのだった。

八郎は暫くして、銀行を定年で退職し、近くの豆腐屋の紹介で、豆腐組合の事務所に経理係として勤め始めた。しかし、一年もした頃、夕食の席で倒れた。医者が来て調べたところ、脳溢血だという。横浜の姉の多美にも知らせたが、時局が緊迫してきたので、外出を控えている多美は見舞いに来ることもできなかった。

昭和二十年三月には東京大空襲があって、軍需工場が近くにあることから、家が強制疎開させられることになって、ハナはそのことを知らせたが、多美は来ることもできないのだった。

強制疎開とはどういうことなのか、多美にはわからないのだった。高崎在のハナの実家に行くという。寝たきり状態の八郎を連れての疎開は、家族の誰が考えても恐ろしいことだった。

栄は中学一年を終えたところだった。

二

八郎はハナの実家に落ち着くと、幾らか病状も持ち直したように思えて、家族みんなも警報の鳴らない生活の有難さがわかるのであった。

しかし、それも束の間、八郎の病状が悪化し、亡くなってしまった。田舎なので霊柩車などもない。リヤカーに遺体を載せて、家族みんなで街はずれにある火葬場に運ぶのだった。

二か月もした頃、戦争が終わった。八郎は敗戦を知らずに亡くなったのだった。東京では食料や生活必需品などは不足していたが、田舎でも町には食料がなく耐乏生活を強いられている。殆ど食べ物を口にしなかったから、八郎は栄養失調でもあったろう。

世の中が一向に落ち着かない中、多美が横浜から見舞いに来た。

「遠いところを有難うございます。夫には何もしてあげられず、悲しい思いで一杯です」

「いえいえ、八郎さんもあなたたちのお陰で幸せでした」

まだ白布に包まれ骨壺に入ったままの八郎の遺骨に線香を手向けると、多美はみんなの孝行をねぎらった。そして、一番下の栄がもう中学二年になるのに目を細めた。

「栄は戦争が終わるまで近くの農家に勤労動員で行っていたんですよ」

と、ハナが言った。多美は土産に持って行った絵本を見ては喜んでいた甥が、もうそんなに大きくなったと思うと感慨無量であった。

お互いに苦労話をした折に、ハナが多美の次男の清二について尋ねたところ、多美が次男の清二を勘当したことを知らされた。勘当とは親子の縁を切るということである。行き来もしなければ、話もしないのである。

「一体どうしてですか」

ハナはびっくりして尋ねた。多美の話によると、清二が義母に当たる多美の反対する女性と結婚したからだというのである。ハナは、清二が医者になって働いていると聞いていたので、わけがわからなかった。あれだけ尽くして医者にしたのに、義母の多美のいうことに従わなかったのが許せないというわけなのだった。

ハナには多美の気持ちがわからないでもなかったが、どう言っていいか言葉に窮したのだった。

多美はみんなの無事の姿を見ると、安心して直ぐ帰って行った。泊まって行ってもらうにも、部屋も夜具もないのである。

殺伐とした時代なので、無事に横浜まで帰れたか心配したが、どうやら無事であった。三、四日した頃、多美からの手紙が来て、栄たち一家はほっとしたのだった。

幸いに八郎が株券を持っていたのが売れて、生活の足しにはなった。その他、ハナの古い着物を農家に持って行き食料と交換したりして、飢えをしのいでいた。

栄の家では新潟から帰ってきた長兄の哲が村の小学校の教員になれ、次兄の保が就職口を探すなどして、何とか苦境を脱出しようと苦闘していた。

## 三

末っ子の栄は足原中学に通い、来年は三年生になる。勉強が好きで、学校の図書館の係になったり、購買部で安いノートを買ったりして、家計を少しでも助けようとしていた。図書館の係になっていると、好きな本を買わずにただで読める。

世の中は軍国主義から文化国家になるのだとの大合唱だ。国語の教師も本を読むことを勧めたので、栄は改造社版の文学全集を借りては、毎日通学時間電車の中で、家に帰ると寝るまで読んでいた。これは幼い頃伯母の多美からもらった絵本に始まって、読書の下地があったことが影響していた。

放課後は部活動で文芸部員として、詩、短歌、俳句を作ったり、互いに批評したりして過ごした。それは実に充実して楽しい時間だった。

高校二年になった時、作家の太宰治が情死する事件が起きた。栄は長兄の哲が購読していた『展望』誌上に太宰治の作品を掲載していたので、「人間失格」という作品を読んだ。何だか凄く心揺さぶる作品だった。そのうちにクラスの文芸部員が皆太宰治ファンになって、栄に限らず、文芸部の皆が太宰治の文章を真似して文章を書くようになった。

各クラスではそれぞれ雑誌を作ったりしたが、一号か二号で後が続かないのだった。

一方、NHKのラジオからは英語学習の番組が流れていた。「カムカム　エブリイ・ボディ　ハウ　ドゥユー　アンド　ハウ　アー　ユー」とリズム良く始まる平川唯一の番組だ。街中は皆アメリカ英語になじんだのだった。

アメリカ人の青年達が、町にキリスト教宣伝にもやって来た。伯母の多美がクリスチャンだったことを思った。今、伯母はどうしているだろうか。今いる所からずっと離れていて、音信不通なので、ちらっと思っただけだった。

栄はアメリカ文学を原語で読めたら楽しいだろうと思うようになった。

栄は卒業を控えて何か残したいと思った。それで、日本文学の短編小説の英訳を考えたが、それだけでは心残りだったので、自分の書いた小説を本にして皆に配ろうと思った。まだ、コピー機などという物がないので、彼は謄写版で十部ほど作ることにした。部活で使っているやすり版を家に持って帰り、謄写版用の蠟紙に鉄筆で一生懸命書いた。そして、翌日学校に行くと、早速印刷機に取り付け、インクを付けたローラーで印刷した。

家で小冊子ながら作り、友達に配った。

卒業の年、たまたま栄は東京の出版社に就職することができた。

早速友人、親類に移転先を知らせたが、寮というのが、戦災で空き地に建てたバラックのような家で、六人ほどの少年たちが同居する有様で、とても友人たちに来てもらうような状態ではなかった。

栄は持ってきた小説の冊子を古田の多美伯母に贈った。「伯母さんが幼い頃、いろいろな絵本などをくださったので、僕もこんな小説みたいなものが書けるようになりました」と書いて。

多美伯母からは何の連絡もなかったが、暫くして、古田の聡から手紙が来た。聡は古田の多美伯母の長男だ。多美伯母が重い病気で臥せっていて、栄と会いたがっているという。栄は戦前に父親に連れられて多美伯母を訪ねた折に、聡とは何回か会っているので、知っている。

栄は早速横浜に駆け付けた。横浜駅から市電に乗って、岡村町で降りて、通った道を歩いて行く。この辺りは戦前と変わっていないので、暗くなった道を間違わずに歩いて、直ぐ聡の家に着いた。

栄が家の中に案内されると、家族が電灯の下で静かに集まっている。隣の部屋に案内されると、多美伯母が布団に寝ていて、傍に少しでっぷりした紳士が付き添っている。

栄が来たのを知ると、多美伯母が言った。

「よく来てくれました。もう私もそんなに長くは生きていられません。皆さんには本当にお世話になりました。この人には」と、言って、傍の紳士に、「この人には便を手で出してもらったのですよ」

すると、紳士が、

「どうぞ、ごゆっくり」

と、栄に言って、家族のいる部屋に下がって行った。栄はこの人が勘当したという次男の清二だと直ぐわかった。医師をしているから、面倒を見ているのだろう。栄は多美伯母に、

「長く生きてください。随分お世話になりましたが、まだまだお世話になりたいです」

と言って励まそうとした。すると、多美伯母は、

「有難う。でも、もう長くはありません。それでね、私はキリスト教を信じていましたが、幸せにはなりませんでした」

と言ったのだ。栄はびっくりした。あれだけ熱心に教会に通い、父や母にも信仰を勧めたのに、今際《いまわ》のきわになって、そんなことを言うなんて。清二との確執を悔いているのだろうか。多美伯母の苦悩を知って、栄は伯母の最も人間らしい姿を見出したのだった。

（完）

# ある作家への回想

昭和十三年（一九三八）、橘外男は『ナリン殿下への回想』で直木賞を受賞した。そこで、わたしはこの小説のタイトルを『ある作家への回想』とした。

わたしの父と外男は従兄弟であった。外男の父は七三郎といい、陸軍歩兵大佐で高崎連隊長であった。七三郎には三人の息子と娘がいて、長男は陸軍少佐、三男は後に陸軍少将になるという軍人一家で、次男の外男だけは小説ばかり読んでいて、素行が修まらず、そのため県立高崎中学を放校になった。

旧制高崎中学の卒業生には経済学者の蠟山《ろうやま》政道がいるし、首席で卒業して東大を出て大蔵省に入り、総理大臣になった福田赳夫《たけお》もいる、群馬県の名門校であった。

外男は親からも勘当されて、母方の叔父のいる北海道の鉄道管理局に行かされた。

ここでも、恐喝まがいのことをしていた。たまたま、年増女を恐喝したところ、家に招かれ、金を渡されて、こんこんと非行を諭された。彼は心を入れ替え、以来勉強をしたので、出世して、経理を任されるようになった。

その人は芸者で、後に金の問題で困っていたと分かり、外男青年は人助けの思いで公金に手を付けてしまう。それがばれて彼は捕まり刑務所に入れられたのだった。

一年の刑期を終えて東京に戻ることになるが、刑務所で学んだ英語を使い、外国相手の貿易会社や医療機器の会社などで働く。しかし、なかなか食えないで、わたしの父の所へよく借金に来たと、後にわたしは母から聞いた。我が家は品川区の五反田にあり、父は銀行員であった。

そんな生活の傍ら妹の死を悲しんで小説を書くと、出版社に持ち込み、処女作が成功する。『太陽の沈みゆく時』全三巻である。その頃、大正文壇では志賀直哉らの白樺派が主流であった。彼は白樺派の有島武郎に師事していたが、有島が婦人公論の女性記者と心中してしまい、強いショックを受けた。

その後、雑誌の『文藝春秋』が実話を募集しているのを知り、応募した。それが

「酒場《バー》ルーレット・紛擾記《トラブル》」で、入選したのを機に書いたのが、『ナリン殿下への回想』だった。

戦争が中国大陸に広まると、多くの文士は日本では物を自由に書けなくなった。そこで、彼は満洲（現在の中国東北部）に行き、満洲書籍配給会社に務めることになるが、劣悪な環境にたまらず、一時帰国する。更に満洲映画協会の嘱託で再度渡満するが、敗戦で一九四六年に無一文で帰国する。

その頃、世の中は日本は文化国家にならなければいけないという機運が日本中に満ちていた。

そのせいもあって、わたしは疎開先の下仁田《しもにた》から富岡にある群馬県立富岡高校に通い、その文芸部で文学に熱中していた。図書館にあった改造社版の文学全集や月刊の『文藝』や『新潮』とかに熱中していた。兄が購読していた筑摩書房で出していた総合雑誌『展望』に載っていた井伏鱒二や太宰治の小説を読んでもいた。太宰の「人間失格」も読んでいたが、太宰治が情死して、ショックを受けたものだ。

わたしは父が敗戦間近に亡くなっていたので、進学はできないから就職先を探していた。そして、下仁田町の印刷所で高校の校友会雑誌『稲含《いなふくみ》』の編集に従事した。その印刷所では、詩の雑誌も印刷していたので、編集を見よう見まねですることに興味を持ったことから、出版社に就職することに希望を見出したのだった。

たまたま、下仁田町の奥地の小坂《おさか》村出身者が作った妙義出版という会社が、『太陽少年』という新しい少年雑誌を出すという宣伝広告が上信電鉄の中に張り出された。わたしは高校に下仁田から上信電鉄に乗って通っていたから、それに気が付いたのだ。そこで、試験を受けてパスし、入社したのだった。

しかし、その会社はひどいものだった。社長は戦前に講談社の資材課長をしていて、戦後独立して妙義出版という会社を建てたが、社員は素人同然の者ばかりだった。特に編集者もわたしが唯一の経験者という有様だったのだ。わたしたちは少年社員と呼ばれて、雑用ばかりさせられた。同時に入社したのは中学卒業生三人で、倉庫に溜まった返品の単行本整理が主な仕事だった。創刊早々に亡くなってしまった編集長の家が寮ということで、まだ若い未亡人はわたしたちの食事を作る寮母になっていた。

わたしはたまたま会社が参考に買っていた小学館の学年誌の中に、橘外男という名を見つけた。連載小説を書いていたのだ。小学館に電話で住所を問い合わせて、杉並区久我山と教わった。

日曜日に新宿で土産に菓子を買い、久我山に行った。井の頭線の久我山駅を降り、線路に沿った道を三鷹方面に歩く。両側は草地で左に特定郵便局と寿司屋があるだけだ。しばらく行くと右手に小高い叢《くさむら》があって、その先を右手に入ると小道の奥に門があった。そこが外男さんの家だった。二百坪もある広い庭に面して母屋が南に向いてあった。無一文で満洲から引き揚げてきて、六年かそこいらで筆一本でこれだけの家を建てたのだった。

応対に出たのはわたしと同じくらいの年の青年で、父も母も外出しているとのことだった。この人が長男の輝男さんだった。

その日は空振りで帰って来た。すると、外男さんからハガキが来て、「あなたのお父さんには昔大変お世話になりました。また、いつでもおいでください」とあったので、また日曜日に出かけて行った。

外男さんに会って風貌が父そっくりだったのに驚いた。わたしはその時まで外男さんの小説を一度も読んだことがなかった。外男さんの小説は当時通俗小説とか大衆小説というジャンルに入っていて、わたしは純文学でなければ文学でないと思っていたからだ。

しかし、以後わたしは古本屋で外男さんの本をあさるようになる。会社の近くを都電が走っていた。一駅先に大塚仲町という停留所があり、その前に古本屋があった。そこで『ナリン殿下への回想』を買った。読むと面白いのである。以後、どこで買ったか覚えていないが、外男さんの本を随分買って読んだ。

外男さんには二人の息子がいた。長男が輝男さん、次男が宏さんで、わたしと同じくらいの年だった。輝男さんは獣医学校、宏さんは明治大学の工学部というふうに、父親の文学には全く関心がない。そんな関係があったのか、外男さんはわたしを可愛がってくれた。甥の光夫という人が来たことがあったが、本を読んでいないので相手にならなかったようだ。一度来ただけでもう来ないということだった。

いつかわたしが手紙でアメリカ作家のコールドウェルの『巡回牧師』を読んでいると書いたところ、あれは面白いなと言う。原語で読んでいたらしいので、わたしは驚かされた。外男さんは相当外国の小説も頭に入っていたように思う。

「幼い時、トムソーヤの冒険なんか読んだことがあるだろう。アメリカにはいい小説が沢山ある。ヘミングウェイの『武器よさらば』とか、『風と共に去りぬ』なんかもいい」

などと、わたしの知らない小説を教えてくれた。

とにかく、色々なものをよく読んで記憶しているのにはさすがと驚かされたものだ。しかし、書斎にも仕事場にも蔵書と言われるような本は一冊もないのである。恐らく皆頭に入っていたのだろう。

訪ねて行くと執筆する作品のあらすじを聞かせて、「面白いか」と訊く。面白いのもあり、それほどでもないものもあって、わたしは思った通り返事をすると、そうかと言うのだった。わたしを読者層と見込んでの質問だったように思う。また、清書を頼まれることがあった。清書する原稿は真っ黒く塗りつぶしてあるものもあった。これは出版社の間でも有名だったと聞いた。一度書いて、気に入らないのか、それを墨で消して、原稿用紙の欄外の余白に小さい字で書くのだ。そういう原稿を清書して持っていったら、字がきれいだと褒められた。そして、何回目かの時、お金を貰った。わたしはそのお金で銀座の時計屋に行って欲しかった腕時計を買った。

その時計をして訪れて、頂いたお金でこれを買ったと言ったら、とても喜んでくれた。この人は苦労人なんだとわたしは実感した。何回も訪ねては仕事を手伝っているのはわたしにとってとても楽しいことであった。

外男さんの小説は『小説新潮』と『オール讀物』に掲載されることが多かった。『中央公論』に書くこともあった。少女雑誌にも怪奇小説を書いていた。三文雑誌というかカストリ雑誌と言われるような雑誌には、旧作の場所とか人名を変えて出していたのには驚かされた。編集者に古い付き合いがあって断り切れなかったのだろう。

当時は週刊誌といえば『週刊朝日』と『サンデー毎日』が有名だった。共に新聞社系のもので、『週刊朝日』は吉川英治の「新平家物語」で人気抜群であった。そこに外男さんが連載を始めた。タイトルは「プリマドンナ」という。

ところが、同じころ長男の輝男さんが入院することになった。難しい病気らしく検査も含めて東大病院に何週間も入るらしい。看護のためにおばさんが付き添うという。その頃、わたしは外男さんのことをおじさんと呼び、奥さんのことをおばさんと呼んでいた。

「おれはきみの伯父でも叔父でもないから、小さい父と書く小父さんかな」

そう言っていた。でも、そう呼ばれることを嬉しそうでもあった。

「おばさんが付き添いでいない間、親類の真理子という女に家事を頼むことになったんだが、文士が若い女と住んでいるなんて疑われてはかなわん。それで、一か月くらいだが泊まりに来てくれんか」

おじさんにそう言われて、わたしは嬉しくて一も二もなく引き受けることになった。

そんなある晩、わたしは連載している「プリマドンナ」のこれからのあらすじを聞かされた。また、面白いかと訊かれたが、わたしはあまり面白くないと言った。主人公が少し類型的に思えたからだ。すると、おじさんは少しがっかりしたようだった。ところが、それから少しして事態はえらいことになった。連載を中断するというのだ。と『週刊朝日』の次号を見ると、「息子の健康状態が悪くてとても小説を書いていられない。筋に行き詰まって断絶するのではない。最後までの筋書きはこれこれである」

とあった。

「あれはおれが喋ったことを編集部員が書いたものさ」

と、おじさんはサバサバしたように言った。そして、

「編集者が言っていたが、川端康成も途中で断絶したことがあるそうだ」

編集者が言っていたなら事実なのだろう。しかし、それはわたしが感じている責任感を和らげるために言ってくれているようにも思えるのだった。

暫くして、輝男さんが退院して来て、わたしの勤めは終わった。いい食事をさせてもらったので、体重は三キロほども増えていた。

それからもしばしばおじさんを訪れた。ある時、わたしに、

「尾崎士郎の字は巧いか」

と訊く。尾崎士郎とは戦前に「人生劇場」という新聞連載小説で一世を風靡した作家だ。「人生劇場」は何回も映画化されたり、歌も作られて流行った。わたしの携わっている少年雑誌に尾崎士郎の連載が始まっていて、どんな字か知っていたので、

「いい字ですよ」

と応えたら、おじさんはハガキを見せて、

「『オール讀物』に書いた「男色物語」が面白かったと尾崎士郎が手紙をくれたんだ」

と嬉しそうだった。どちらかと言うと、文壇から離れているので、そういう事が嬉しかったのかもしれない。

「男色物語」は、わたしも読んでいた。旧制高崎中学で同級生だった蠟山政道さんとの交流を描いたものだが、蠟山さんは東大を出て当時は経済学の大家だ。ジャーナリズムにも珍重されて、ラジオや新聞にもよく登場していた。

『文藝春秋』誌で巻頭に「親友交歓」というグラビヤページがあって、そこで以前おじさんと蠟山さんが歓談している写真が載っていて、わたしは二人の関係を知っていたから、面白く読んだのだった。中学を退学させられた者と、優秀な成績で東大を出て、世に堂々の論陣を張っている人とが会っていることに、わたしは人生の不思議さを思わずにいられなかった。

わたしはおじさんの年賀状の宛名書きもした。その中で、岩田豊雄という名を見つけた。岩田豊雄といえば演劇界の大家で、文学座の設立者の一人だし、ペンネーム獅子文六の小説で『てんやわんや』や『自由学校』などで著名な作家だ。どういう知り合いなのかおばさんに訊いたところ、

「お父さん（つまり外男さん）が賞をもらった時、同じように賞の対象者だった岩田豊雄さんが、ぼくは他のことで食えるから橘君に上げてくれと言ってくれたのよ」

きっと『ナリン殿下への回想』の時のことだろう。それがおじさんの出世の出発点になったのだ。生涯この恩を忘れなかったのだ。

おじさんはわたしが勤め先の潰れそうなことを言うものだから、就職先を探してくれたようだ。以前ある出版社が出している少女雑誌に書いたりして、その編集長と親しくしていたので、わたしのことを頼んでくれたらしい。ところが、どんなことを言われたのか、酷く怒っていた。

「おれが満洲に行った時に、我が家をタダで住まわせてやったのに、あんな言い方はない」

おじさんがあんなに怒ったのは初めてだった。わたしは驚いて、

「ぼくのことはいいです。心配して頂いてすみません」

と、言った。以後わたしは勤め先のことをこぼさないようにした。その後、幸いに、ある漫画家の紹介で、いい勤め先に移ることができた。

わたしが勤め先を変えて忙しくなったので、暫くおじさんを訪れなかった。久しぶりに訪れると、『小説新潮』に「わたしは前科者である」を書いていた。わたしはちょっと不安を感じた。それはこういう告白小説を書くのは人生の終わりに近づいているからではないかと、直感的に感じたからだ。

しかし、心配は杞憂であった。

「いやあ、参った。以来、前科があるという人物が、何人も我が家に来るようになってな。おばさんは近所の人に顔向けができないと言うし」

そう言って、住所を変えるようにしたと苦笑いした。

「連載が終わったら、光文社の神吉晴夫という人が来て、カッパブックスから出さないかと言うんだ。初版の印税はいくら、再版は幾らにすると、目の前でそろばんを出して言うんだ。まるで野武士のような男だな」

おじさんの困惑した顔が浮かんだ。当時、カッパブックスはどれも凄い売れ行きであった。しかし、おじさんは連載した雑誌の新潮社から出した。わたしはそれでよかったと思った。

わたしが心配したのは、その後、今度は「ある小説家の思い出」を『小説新潮』に連載し始めたことだった。これは人生最期を意識しているのではないかと思った。わたしの危惧した通り、完結したころから、病気がちになったのだ。

病気には臆病で、大きい病院には行きたがらないのである。息子の時には東大病院に行かせたのに。調子が悪くても近くの開業医にかかって、他の医者にはかからない。どこか内臓が良くないらしいのに、もらった頓服薬を飲んでいるのだった。

おばさんが心配して、医者を変えるように言っても、きかないのである。

そして、とうとうわたしはおじさんが寝ている枕元に呼ばれた。

「よく来てくれたな。もうおれも長いことはない。息子たちを頼む」

と言うので、わたしは、

「何を言うんです。おじさんにはまだまだ書いてもらいたいこともあるし、輝男さん達だって元気ですし、そんなことは言わないでください」

と、励ますしかなかった。しかし、数日後には枕元に来ていた医者が首を振るのだった。

わたしはおばさんに頼まれて、死亡通知の印刷を頼んだり、電話の受け答えに終始した。新聞社は電話で「先生がご病気だそうで」と言ってきた。亡くなりましたかとは訊けないからだ。

翌日の夜は家に牧師が来てお祈りをしてくれた。その時、初めておじさんがクリスチャンだったことを知った。英語に堪能だったり、キリスト教に帰依したのも、全て北海道の獄中での勉強の結果だったのを知った。

遺骨は多磨霊園の墓地に埋葬された。おばさんと二人の子息たちとわたしは墓に花を手向け冥福を祈った。


（完）

# ひとり旅

わたしは若い頃、幾つかの出版社に移ったが、当時はどの会社でも春秋は、一泊の慰安旅行があった。熱海のこともあれば、塩原温泉のこともあった。大きい会社になると大型バスを何台も連ねて行く。だから、わたしは関東地方の近県は自分では行かなかった。

夏には夏季休暇で、三日間休めた。

わたしは旅が好きなので、旅行会社が出している『旅』という月刊誌を読んで、三日に土曜日の午後と日曜日を加えてほうぼうへ出掛けた。主として風物を楽しみに行くのである。夜行列車などを使うから、ある場所の近くでも場所には限界がある。

新潟に始まって、富山県、石川県、長野県、岐阜県と毎年の夏に行くと、益々楽しくなって、どんどん行くようになった。それ故、ここでは地図による順序なく、あちこちに行ったことを記すことになった。

富山県では、富山市からバスで白川郷まで行って、合掌造りの景色を堪能した。最近では都市近辺では茅葺の屋根は見られないが、こんなに厚い茅葺の屋根は、昔でもここ以外では見られなかっただろうと思った。

石川県では、曹洞宗総本山の永平寺を訪れた。境内は森閑として荘厳というのは、こういう事をいうのだろうという感じがした。その後、能登半島の輪島まで行ったが、生憎雨に降られ一日動けなくなったこともあるが、そんなことで諦めることはなかった。

金沢では兼六園に行った。日本三大公園だと言い、加賀藩歴代の藩主が力を入れたということもあって、池が幾つもあって、歩いて見て回るだけで素晴らしさが解る。

帰りには南下して福井県に行き、東尋坊の奇岩群を見る。ここだけに、不思議とも見える奇岩はどうして出来たのだろう。そして、蘆原《あわら》温泉に寄って疲れを癒やした。

そこにはいい温泉街があって、温泉を堪能した。

長野県では、島崎藤村の家を見たり、藤村の詩に出てくる「千曲川旅情のうた」の懐古園で「小諸なる古城のほとり　雲白く遊子《ゆうし》悲しむ」を実感したりした。

また、諏訪の上社下社にも行った。わたしの田舎町にも「お諏訪さん」があったので、大元の社はどんなのか興味があった。上社か下社かどちらか覚えていないが、大きな注連縄が飾られてあった。更に十メートルもあろうかという高い柱もあり印象的だった。境内には誰の姿も見られず、森閑として荘厳な気が漂っている。そして、神社には参道に木造の橋のようなものがあった。諏訪湖にも行ってみた。ここは冬に氷が張り、御神渡《おみわた》りができるというが、そんなそぶりも見せず、夏の湖は静かだった。

岐阜県では高山も珍しかった。朝ではなかったので、朝市を見られず残念だった。そうして段々と旅先を広げて行った。

島根県では、小泉八雲（ラフカディオ・ハーン）の家、小泉八雲記念館にも行った。ここにはアメリカ人も見物に来ていた。ちょうど英会話を習っている時だったので、話しかけて、この親子がカリフォルニアの高校の教師と息子なのを知ったりして、心

小泉八雲記念館

を満たされた。

四国では愛媛県松山市に行った。松山城に登った。市内が一望できたが、それほどの感動はなかった。しかし、古い道後温泉街は素晴らしく、入って更に感動した。

ここでは旅情を満喫しようと、ビジネスホテルに泊まった。ところが、この主人は若くて、色々な話をした。たまたま、学生時代にわたしの住まいに近い所にいたことがあるというので、二人は話が弾んだ。

彼は今ラグビーをしていると言うのだった。そして、今でもオーストラリアにラグビーをしに行ったりしているという。兄が土産物店をしているので、土産物を買うならそこで買ってやってほしいとも言った。ここではそんなことで心が休まったのだった。

島根県では、出雲大社に行った。大きな社に感動した。十月に全国の神々が集まるので、各地の神社にはそのときは神がいなくなるので、十月を神無月という。そんな話も納得できそうな荘厳な神社だった。

ここでまた、一人の外国人と出会った。ここまで来たけれど帰れなくなったという。早速英会話が役に立った。彼はアメリカ人で、国務省に勤めているが、東京のアメリカ大使館に勤めている友人に切符を買ってもらって、一人で旅行しているという。国務省というのは、日本で言う外務省だ。

同じ方向なので、彼をバスに載せて彼を旅館に連れて行った。わたしは旅館を手当てしていなかったので、一緒に泊まることになった。旅館でも言葉がわからなくて、困っていたところなので、「助かりました」と歓迎された。

一晩泊まってわたしは彼と色々な話をした。彼の名はアルバート・デニス・マスコッティといった。わたしは住所を教えて文通を約束した。

マスコッティは帰国すると、約束通り手紙を寄越した。こうして、彼との文通が始まった。

何年かして、彼は国務省を辞めて、ハワイ大学の教授に転身した。国務省はハーバード大学出でないと出世できないからだという。彼はアイビー・リーグに属するエール大学出なのだった。しかし、ハーバード大学出で固めた国務省が、ベトナム戦争を起こして、敗北したのだから、何とも矛盾しているではないか。

彼がハワイ大学に行ったことで、わたしは後に度々ハワイに行くことになった。

広島県では、原爆資料館や原爆ドームにも行った。これは大きなショックだった。一瞬にして広島市を灰燼《かいじん》に帰してしまった跡形は恐ろしかった。ドームが肉体を蒸発され、骨だけ残った軀となって静かに、しかし悲しみと怒りに満ちて青い空に立っている。

今は人々は何もなかったように生活しているが、わたしは田舎でこのニュースを聞いたとき恐怖を感じたことを思い出した。当時はもう将来何十年も植物は生えないだろうと学者が言っていたのだ。

辛い思いから逃れるため、わたしはここから広島電鉄で宮島口まで行き、国鉄連絡船で宮島へ行った。平清盛が建てたという真っ赤な社が海の中に建っている。珍しい

松下村塾

神社だ。大きな鳥居が海の中に立っているのも、壮観だ。
山口県では、秋吉台に行った。広大な石灰岩柱のあるカルスト台地と石灰岩の広場に驚かされ、更に地下の秋芳洞に入った。これは大鍾乳洞で、夏なのに涼しかった。そして、様々な不思議な造形をいつまでも眺めいった。
そしてここを離れると、今度は日本海側に出て、松下村塾を見に行った。現代から見ると粗末な建物だが、昔はここで一心不乱に勉強したのだと思うと、勉強は場所ではないことがわかる。武家屋敷跡を見る。街中は静かで落ち着いて見て回ることができた。萩焼の工房が見物できるようになっていて、そこでは登り窯を見た。

この山口県からは、明治の政治家、偉人などを輩出したが、理由は判らなかった。


九州では随分あちこちに行った。

大分市には、同僚の一人と行ったことがある。とにかく街中温泉だらけという印象が強い。それだけだった。

素晴らしい詩に「草千里」というのがある。広大な風景が想像されて、それを感じたくて熊本県に行った。噴煙を上げる中岳を望むと、放牧をされた馬などが牧歌的だった。やはり来て良かったと思う。

当時、五木《いつき》の子守唄という歌で有名になった五木村にも行った。「おどま盆ぎり盆ぎり盆から先ゃおらんど　盆が早よ来りゃ早よ戻る……」という歌に感じられるように、何となく物悲しい村のようだった。

鹿児島県では、西郷隆盛の墓石を道路から見上げた。特にどうということはなかった。

鹿屋《かのや》には行きたくなかった。ここは戦争中、自分と同じ年齢か、もっと若い人たちが爆弾を積み込んだ戦闘機に乗って、敵艦に突っ込んでいく。その特攻隊の出撃基地だった。その悲しい印象が強すぎるからだ。

南の指宿《いぶすき》は砂風呂で有名なので行ってみた。皆砂に埋まって楽しんでいた。

宮崎県では延岡からバスで神話に出てくる天の岩戸の神社のある町まで行った。辺りは高千穂の峯で、風景は素晴らしい。この神社は古事記に出てくることを小学校の時教わった。須佐之男命《すさのおのみこと》が悪さをするので、怒った天照大御神が天の岩戸に入ってしまい、世の中が真っ暗になった。そこで全国の神々が相談して、岩戸の前で踊ったりして大騒ぎした。何事かと天照大御神が顔をのぞかせた時に、待ち構えていた天手力男神《あめのたぢからおのみこと》が戸を開けて、世界に明るさが戻ったという神話だ。戦前はさぞかしにぎわったのだろうが、今はそれにしては随分粗末な社だ。時代が変わると、こうも変わるのかと思った。

奈良県では高野山に行って宿坊に泊まった。大阪から電車に乗って終点が高野で、そこから歩いて行く。大変静寂で、当時は女人禁制だった。今はどうだろうか。お寺なのに朝食にハンバーグか、カツかの肉料理が出たので驚いた記憶がある。

東北地方では先ず松島へ行った。なかなか綺麗な景色であるが、整い過ぎて造り物のようにも思えた。ふもとの寺を訪れたが、説明する僧侶も手慣れた感じだった。岩手県では鍾乳洞で有名な龍泉洞を訪れて長い洞窟に驚いた。岩手県には七か所も鍾乳洞があると知った。日本列島が出来た時の関係だろう。

更に猊鼻渓《げいびけい》を訪れて、平泉まで足を延ばして、藤原氏の栄華を偲んだ。これだけの金《きん》を集めたのだから、驚きのほかはない。

東北地方では夏だったので色々な祭りに出会った。秋田県の竿灯《かんとう》祭りには驚かされた。夕方になると、各辻々というか街角に長い竿《さお》を持った人々が出てくる。それぞれ腰に竿を載せたり肩に載せたりして、祭りの準備で賑やかだ。祭りの最高潮には鉦《かね》や太鼓に合わせるようにして竿を肩や腰に載せながら町中を歩くのである。よく痛くならないものだと思う。

イタコが来るという円通寺／荒涼としていた

青森県では、太宰治が浅虫温泉に泊まったようなことが書かれていたので、行ってみたが、とりたててどうということもないというのが感想だった。

その他、不思議なイタコという占い師というか、老婆が七月下旬になると現れて、亡くなった人の魂を呼び寄せるという恐山《おそれざん》にも行ってみた。田名部駅からバスで五十分程で、その寺・円通寺に着く。昼だったので荒涼たる土地と寺が見えただけだった。しかし、そこにいた僧侶は、「イタコは不思議です」と言うのだった。農夫の女性らしいが、夜、本堂前で懸命な祈りに入ると、人魂を呼び寄せるらしい。そんな話をした。

訪れたのが昼間だったので、そんな風景は見られなかった。

わたしは青森からバスに乗って十和田湖にも足を延ばした。十和田湖から流れ出る、奥入瀬の流れの流域は素晴らしい風景だった。涼しいし、どこにも見られないと思われる風景を満喫した。十和田湖畔には高村光太郎作の乙女の像が建っている。光太郎晩年の作というが、わたしには何か場所違いのようにも感じられた。

冬になると、積雪量が日本で一位と言われている酸ヶ湯ものぞいてみた。ここは湯治客でいっぱいだった。ここで食事を作り、何日も泊まり込むようだった。


夏が終わると、忙しい部署に代わるというので、わたしは会社に願い出て、一週間の休暇を認めてもらい、北海道に行くことにした。

こうして、わたしは念願の北海道に行った。まだ、海底トンネルはできておらず、青函連絡船で、青森から列車ごと渡るのだった。着いた所は函館だ。ケーブルカーで函館山に登ると、市内全貌が見渡せる。山の手のハリストス正教会と天主公教会が見えた。夜登ると百万ドルの夜景だという。

山を下りて、市内を走る路面電車に乗って、倉庫街を通り抜けると、農夫風の男が馬に乗って市内を闊歩しているのが見えた。北に寄った浜に近い湯の川の予約しておいた旅館に着いた。客も少ないらしくゆったりとして旅の疲れを癒せた。翌朝会計を済ませに行くと、旅館の女将が、

「ちょっと待ってください。お急ぎでないなら、今入ったイカの刺身を召し上がってください」

と、言う。それは東京では味わえない新鮮な美味いイカの刺身だった。わたしは、礼を言って旅館を後にした。

ここからトラピスト修道院を見て、五稜郭へ向かう。形が五角形というのと、ここで幕末に榎本武揚の幕府側が抵抗したというだけで、たいした感慨もなかった。

列車に乗って札幌に向かう。列車は大沼公園の中を突っ切るように走った。窓の両側に大沼の水をひっそりたたえた湖面が流れて行く。いつの間にか寝入っていて、やがて札幌に着き、予約しておいたホテルに行く。余程疲れていたのだろう、食後すぐに寝てしまった。翌朝は時計台を見たり、タクシーを飛ばして北大へ行く。農学部の

厩舎を見たりした。

　更に今度は列車で小樽に向かう。

　ここは川に沿って倉庫街が続いている。対岸が街で、土産物店やら寿司屋などが並んで賑わっていた。オルゴール館やらガラス細工の店があって、ガラス細工の店に入ってみた。色々な土産品が並んでいて、見ているだけで結構楽しめた。一軒の寿司屋で寿司を食べたが美味かった。

　その先には湾を見下ろす崖の上にニシン漁華やかな頃の漁師の家があって、見学できるようになっていた。元々は泊村にあったものを文化財として移されたものだという。昔のニシン漁師の状態が展示されていた。

　小樽の先の余市は、小学校時代の同級生の母親の田舎で疎開先があると聞いた。

　彼は北海道大学を卒業して、今は札幌の放送局のアナウンサーをしているようだ。連絡もしていなかったので、彼と会うのは諦めた。

　再び札幌に戻り、予約しておいたホテルに泊まった。電鉄会社系列のホテルだった。

　翌日、道庁の赤レンガ建ての建物を見たがなかなかいい感じだった。札幌では高校時代の友人がいて、会いたいと言っていたので、会社に電話すると、今日は休みですと言う。ははあ、休みを取ったのかと思う。暫くするとホテルにやって来た。ロビーでお茶を飲みながら、久し振りの再会に楽しい時間を過ごした。

彼の仕事は薬の販売で、もう係長のようだった。色々な悩み事もあるようだが、それはどこでもある。

「お前は好きな業界の会社に勤めていていいなあ。おれは親父が仕事の都合で帯広に来たんで、こっちに来た。だから、業界を選ぶなんてできなかったんだ」

と、彼は言う。でも、もう納得しているようだった。

「東京に来ることがあったら、連絡してくれよ。いつでも会えるようにしておくから」

そんな話で別れた。

そして、札幌から列車で網走に向かった。列車での時間は長かった。網走の駅頭に立った時、しみじみ果てに来たと思った。ここは高倉健主演の『網走番外地』という東映映画で有名になったところだ。今は刑務所としては使われていないが、姿は残してある。犯罪人はこの酷寒の地で何を考えたのだろう。

タクシーでモヨロ貝塚とオホーツク水族館を見る。予約しておいた旅館に行くと、歓待されカニ料理を出されたが、美味かった
風呂で中年の男と一緒になった。「どこから来ました」というような話をして、明日は美幌峠を通って摩周湖へ行くと言ったら、「あすこへは十回程行きましたが、三回ほどしか晴れたことはなかったですよ。霧がいつも濃くってねえ」と言う。晴れていたら大変運がいいと思って間違いなしとのことだった。

美幌峠へバスで行くと、昨夜の話のように、なるほど空は曇っている。小雨に見舞われたが、暫くすると雨は止んだ。美幌峠から和琴半島に出て見下ろす屈斜路湖は静かに広がっていた。再びバスで阿寒湖へ向かった。ここでも雨にあう。

釧路では石川啄木の記念碑を見た。啄木はほうぼうに住んでいたので特に印象はない。昔のこの地では随分辛い生活を送ったのだろうと思った。丹頂鶴の自然公園も訪れた。近年来る丹頂が減っているという。

摩周湖に寄り、野球ボール程の大きさの藻であるマリモを見て、バスで釧路に向

国鉄網走駅

かった。釧路で一泊したが、後の日程を考えると、釧路にとどまってはいられない。襟裳《えりも》岬に向かい手前の広尾に一泊した。ここでは何と夏なのに、霜が降りるから注意するようにとラジオが農家に警告している。

翌日襟裳岬を通り抜けて再び函館へ向かった。わたしは競馬などには興味がないから、名馬の産地などには寄らなかった。

これで北海道の旅は終わったのだった。

これからの旅は友人マスコッティの頼みを聞いて、各地に行くことになったので、わたしだけのひとり旅は終わることにした。

(完)

# 住まいの悩み

## 住まいの悩み

吉田学は茨城県の町から高卒で東京の会社に就職した。会社の寮というのは名ばかりで、六畳間に六人もの雑魚寝をする状態だったので、自由が欲しかった。それで、会社を代わってから四度ほど間借りをした。不動産屋の店頭に張り出されたものを見ても、アパートなどはなくて、あっても家賃が高くてとても借りられることもできない。その頃は戦災で焼け残った家が生活費のため、部屋を貸す家があちこちに見られたのだ。しかし間借りではいずれも狭い上に自由がなく、早く一人住まいをしたかった。トイレ一つとっても、住人の家族が多いと、その合間を縫って入らなければならないから、不自由なのである。

最後に幾らか貯めたお金で、西武線の中井駅近くの建築中の木造二階建てのアパートに入ることが出来た。いい大家さんだったのでここには十年近く住んだ。四畳半の部屋だったが、夜には本を読んで過ごし、満たされた生活を送った。

この頃、戦争で焼け野原になった東京は住宅難で、住宅公団が造った賃貸の団地は抽選で、とてもはいれる状態ではなかった。学は何度か応募したが、一度も当たったためしがない。

結婚することになって、四畳半の部屋住まいはできないので、郊外にできるという集合住宅に応募した。これは東京都住宅供給公社が造ったもので、賃貸住宅ではなくて、分譲住宅だった。頭金が百万円を超える金額なので、貯金をすべてはたいて応募することにした。ここでも抽選に外れたが、当選したにもかかわらず頭金が払えず辞退した人がいて、学はここに入れることになった。それが今入っている五階建て住宅の四階の部屋だ。かなり蔵書も増えたので、書棚も作った。

入った時はまだ若かったから、歩いて上り下りしても何ともなかったが、八十を過ぎると辛い。五階建てというのは、あとで分かったのだが、エレベーターを付けなくていい建物だったのだ。

四年ほど前に、近くに建て売りの戸建て住宅が出来たので、学は妻と一緒に見に行った。学は気に入ったのだが、妻は嫌だと言う。二階が昇り降りで嫌だというのだった。それであきらめざるを得なかった。学の父の時にも、引っ越しをしようとしたが、母が反対したと聞いたことがある。その時とそっくりの状態だった。なぜ妻は夫の考えに反対するのだろうと学は思った。

戦後、世の中は軍事国家から、文化国家になるのだということで、文学や芸術に力を入れた。学も文学に熱中した。本をよく読んだ。いつの間にか部屋に作った書棚にいっぱいになった。

ここに居を構えて五十年を超えた。そして、地震問題で五十年を超えた鉄筋コンクリート造りの建物は、建て替えるということになった。あと五、六年の後に建て替えることになった。

建て替える間は仮住まいに移らなければならない。そうなると、蔵書を運ぶのは大変なことになる。また、仮住まい先に置くところがあるかどうかも頭の痛い問題だった。それにこの年齢になると、もう読めるかどうかわからない。そこで学は新聞に載っている古書店の広告を見て、蔵書を売れないか電話をかけた。ところが、太宰治の全集も、井伏鱒二の全集も、三島由紀夫の全集も、筑摩書房版の全集もすべて、文学関係は要らないと言うのだった。

高校の国語が選択科目になるという。時折送られてくる、母校高校の近況報告を見ても、部活動で、在校中は文芸部、絵画部、演劇部などがあったのに、今は新聞部と将棋部に各二、三人とあり、後はすべて運動部ばかり。まことに嘆かわしいと思うから、腹が立った。しかし、そういう時代なのだろう。文学書は要らないという現実を突きつけられると致し方ない。

週に一度古紙の廃棄物処理がある。蔵書を少しずつそこに出すことにした。泣きの涙である。しかし、年寄りには四階から階段を使って本を出すのは、かなり重くて大変だ。誰かが読んでくれればいいのだがと思いつつ、降ろすのだ。

本が売れず書店が無くなっていく時代は、どういう事になるのだろう。電波で事が済むのはいいかもしれないが、それが頭に入り、残っていくのだろうか。

こうした状況が長く続くと、国が亡びるのではないかと心配になってしまうのである。

住まいの問題が文化にも関係してくるとは思いもよらないことであった。

（完）

# アトリエにて

## アトリエにて

### 一

中馬悟が建てたアトリエに仲間六人が集まった。そのアトリエは坂の途中に建てられていた。そこで今日アトリエ開きをすることになって、仲間が集まったのだった。

中馬悟が皆に向かって言った。

「ほら、あそこに妙義山が見えるだろう。ここが一番いい角度なんだ」

彼が指さす方を皆が見た。

「なるほど、流石画家の見る目が違う」

そう言ったのは秋葉芳雄だ。秋葉は高校同期で、ずっと付き合いが続いている一人だ。高校の頃、秋葉は中馬と仲が良かった。毎年の文化祭で、秋葉は演劇部に所属し、演劇の度に絵画部の中馬に背景などを描いてもらった。そんな関係で、卒業後も売れない小劇団に所属して、いい付き合いが続いている。

玄関前の広場に、中馬が石などで囲いを作り、即席のバーベキューの席が出来た。そこを取り囲むように皆がそれぞれの支度に精を出す。秋葉は買ってきた肉を皿に載せ、海野多喜男は調味料を用意する。

肉が焼けてくると、いい香りが満ちて来た。上を見上げた中馬が、

「ほら、もうトンビが舞い始めた」

と言った。なるほど、上空をトンビが一羽舞っているのが見える。

「焼き肉の香りが空にいくんだな」

「へええ。初めて見たぞ」

と言うのは、時田健吾だ。他の者も空を見上げた。

中馬がここを気に入ってアトリエを建てたいと言うと、兄弟が金を出し合うと言ったのだった。

彼はまだ絵がそれ程売れてはいない。美術学校で学んでいる頃、尊敬している画家

の小絲源太郎に絵を見てもらい、将来性があると言われ、自信を持った。そして会派に入り、日展に出品して初入選を果したのだ。以後、毎年入選はするが、まだ売れるところまでは行っていない。

「絵の世界ってのは大変だな」

とは、皆言う。しかし、会社勤めの者には、大変なことは判らないのである。

「今日は難しいことは抜きにして、飲もう」

と、中馬が言って、用意した酒を皆に回した。

暫くして、随分飲んで酒も無くなってきた。

「これが終わったら、アトリエの中も見せてくれ」

と、秋葉が言って、

「それじゃあ、中に入ろう」

と、中馬が案内した。なるほど、絵を描く部屋は広々としている。キャンバスを立てても、広々としている。

「冬は山地だから、冷えるので、ストーブも用意してあるんだ。ほら、ここの窓からは妙義山がいい角度で観られるだろ」

と、中馬が言った。なるほど、峩々《がが》とした妙義山が見られる。

「今夜は泊まって行ってもいいぜ」

と、中馬が言ったが、この地に住んでいて車で来ている山里は、

「車の運転は無理だから、代行を頼むから大丈夫だ」

と、言う。東京から来た野崎五郎は、「じゃあ泊めてもらうか」と言った。

中馬は東京の調布市に家がある。野崎の家からは自転車でも行けるところで、毎年暮れになると、奥さんの手料理で一夜を過ごす。集まるのは、アトリエ開きに集まったのと殆ど同じようなメンバーだ。山里のように地方にいる者は無理だが、東京近辺にいる者が呼ばれる。中馬には子供がいないから、夫婦二人で暮れを過ごすのは寂しいのだろう。

高校の同期生ばかりだから、馬鹿話をして過ごすのだ。新聞社に勤めているのは外国の馬鹿話をしたり、野崎のように出版社に勤めているのは、会社の中の人事のことを話したりして、時を過ごすのだ。

絵の会派に属している中馬は、会社のことは珍しいに違いない。彼は独立する前は中学校の絵画の教師をしていた。そして、日教組に属していて、右派と戦ったというから、激しさは会社の確執とは随分違うのだろう。

アトリエでは客布団が用意してあった。運転代行が来て、山里が帰ってしまうと、野崎は客布団に入った。すぐは寝付けなかったが、中馬はすぐ寝たようだった。いびきで分かった。

二

中馬悟は群馬県の足原町の郊外に三人兄弟の次男として生まれた。足原町は高坂市から私鉄で四十分ほど西にある。家は大きな農家で、一つ違いの兄と、足原高校に通った。悟は兄とは違い絵を描くことが好きで、近くの山などを描いていたが、高校二年の時、高坂市で開かれた絵の展覧会に行って、大いに刺激を受け、将来画家になりたいと思った。

彼は高校を卒業すると、芸大を受けたが失敗し、美術短大に入った。そこで大いに勉強して大家の小絲源太郎に絵を見てもらい、弟子になった。以来彼は妙義山がテーマに成ったと言えよう。そこで、妙義山を書くために一番良く見える北山にアトリエを建てたのだった。

東京からこのアトリエに来ると、心も解放されるように感じたが、一方、一人でいると寂しさもある。それで、高校時代の友である山里らに声をかけ、酒を飲むようになった。酒は飲めないが、野崎五郎も呼んだ。野崎は、最初は「あまり飲むと体に悪いぞ」と忠告していたが、それでもやめようとしないので、最近は黙っている。

野崎は出版社に勤めているから、絵を見る目も確かなものがある。それで、時折描きかけのものを見せて意見を聞いたりするのだ。

彼は気を使い、来る時は、途中で食料を買って来てくれる。それが嬉しい。

中馬は日展で特選を取ると、皆の目が変わったのを感じた。更に日展で無鑑査になった。更に日展で特選を二回取り、不動の位置を獲得した。彼の描く絵のタッチは荒々しい。野崎は見に行く度に中馬の気迫を感じるのだった。会派でも常任委員になり、執行部に入った。

ある時、野崎と会って、

「おれもそろそろ絵を描き始めて五十年になるんだ」

と言うと、野崎は、

「そうか、おれも定年で会社を辞めて、ボランティアも終えて今暇になったから、何かしようと思っていたところだ。丁度いい。記念の画集を作ってやるよ」

と言う。

「費用はどれ位掛かるんだ」

中馬は嬉しかったが、費用が心配だ。彼の作品は、一般受けする絵ではないから、そうそう売れるものではないのだ。

「費用のことは心配するな。知り合いの印刷会社に頼むから、材料を見せてくれ」

と、言うのだった。

こうして、絵の撮影はアトリエで行うことになった。写真はいいカメラを持っている甥の中馬信夫に頼んだ。

「中馬悟の集大成だな」

と、野崎も満足そうに言った。

画集はひと月ほどで出来上がった。終わりのページに年譜を付けて画業の全体像が分かるようにしてある。費用は全部で百万円を越えたが、野崎が全て持った。画集は彼の後援会員全てに無料で配って喜ばれた。

中馬は以後も日展にも、会派の展覧会にも力強い筆致で出品を重ねて行った。だが、調布の住まいが立ち退きを迫られて、清瀬市に転居することになったと野崎に連絡があった。

「随分遠くになったたな」

「ああ、仕方ない。女房も新しい土地に満足しているようだ」

「なら、いいけど」

そんな会話を交わして、何年経ったか。中馬から連絡があった。

「何だい」

「いや、今朝女房が亡くなったんだ」

「えっ。どうしたんだ」

「今朝、起きてみると、女房が息をしていないんだ」

「えっ」

野崎はびっくりした。先日まで地域の人たちと雑草取りをしていたという。

野崎は清瀬には行ったこともないし、体が万全ではないので、悔やみにも行けないことを謝った。

「いいよ、弟たちと葬儀を済ますから」

彼は相当落胆していた。

彼が清瀬のアパートを引き払い、妙義のアトリエで生活を始めたのを野崎が知ったのはそれから暫くしてからだった。

しかし、それも長続きしなかった。中馬の弟から、彼の死が伝えられたのは間もなくだった。酒の飲み過ぎで、肝臓がかなり痛んでいたに違いない。野崎はこれにも葬儀に行けないと謝らなければならなかった。

野崎五郎は次々と同期の友人が亡くなっていくのをただ寂しく見送るだけだった。

尊敬する先輩は、これを「老いの責め」と言うのだった。

（完）

〈著者紹介〉

小諸　悦夫（こもろ　えつお）

1932年 東京都生まれ。法政大学第二文学部英文科卒業。
出版社で主に少年雑誌、少女雑誌の編集に従事。
著書に、『フレッド教授メモリー』（早稲田出版）、『ミミの遁走』『落日の残像』『民宿かじか荘物語』『酒場の天使』『ピアノと深夜放送』『遙かなる昭和』『栄華の果て』『墓参めぐり』『インク・スタンド　その後』『角一商店三代記』『人生回り舞台』（以上 鳥影社）がある。

ある作家への回想

定価（本体1300円+税）

乱丁・落丁はお取り替えします。

2021年7月4日初版第1刷印刷
2021年7月15日初版第1刷発行
著　者　小諸　悦夫
発行者　百瀬精一
発行所　鳥影社 (www.choeisha.com)
〒160-0023 東京都新宿区西新宿3-5-12トーカン新宿7F
電話 03-5948-6470, FAX 03-5948-6471
〒392-0012 長野県諏訪市四賀229-1(本社・編集室)
電話 0266(53)2903, FAX 0266(58)6771
印刷・製本　モリモト印刷

ISBN978-4-86265-904-0 C0093